山羊手作材料
謝謝您的光臨。
哇——快看，好奇特的移動方式喔。
那就是幽浮吧，我第一次看到呢。
真是太棒了，讓我找到十分合適的布料。
而且沒想到竟然還剩下500元的零錢，嘻嘻呵呵。

什麼？
那裡有幽浮。
幽浮往那邊飛過去了。
吵吵
鬧鬧
我也看到了。
哪裡？
哇！
啊！
我想到一個好主意，先去一下那間店吧。

怪傑佐羅力
恐怖的外星訪客

文・圖 **原裕**　譯 周姚萍

佐羅力為了幫伊豬豬和魯豬豬買點東西回去，猛盯著玻璃櫃，仔細的瞧。

那個也不錯，這個也很好，哎喲，太難決定了，真傷腦筋。

唔！他到底在選什麼東西呢？

原來是在選蛋糕。
每一個看起來都很好吃。
不過，佐羅力現在
手上只剩500元的零錢，
只能從玻璃櫃裡頭
挑選一個蛋糕。
他就這樣一直
猶豫不決，搖擺不定，
煩惱了一個多小時。

這位客人，
請問您
需要幫忙嗎？
Cake Shop

蛋糕店的店長看不下去，跑過來詢問。

「嗯？啊，其實……」

佐羅力開始跟店長說起自己這麼認真挑選蛋糕的原因。

那是昨天晚上發生的事——

「我有一件媽媽留給我的披風，
對我來說非常的珍貴。
但是它的下襬破得不成樣子，
本大爺竟然沒在第一時間發現，
實在很對不起媽媽。
當我正在自己一個人
悶悶不樂的時候，
我身邊的兩位夥伴發現了。

『把這些錢拿去買布料來修補披風吧。』

他們給了我3000元，
不過這些錢是我們三個
為了買食物，
費盡千辛萬苦存下來的。
這些得來不易的錢
我不能自己一個人花掉，
所以我斷然拒絕他們的提議。
然而，那兩個傢伙卻……」

「他們真的好貼心啊。」

一滴眼淚從佐羅力的眼眶落下，

他接著繼續說——

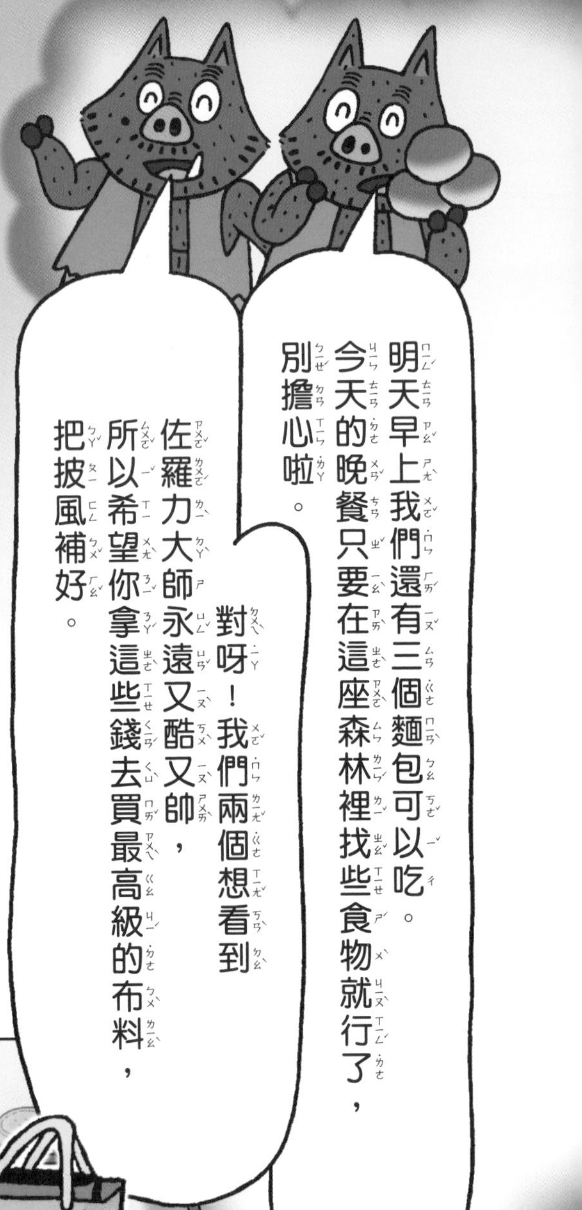
明天早上我們還有三個麵包可以吃。今天的晚餐只要在這座森林裡找些食物就行了，別擔心啦。
對呀！我們兩個想看到佐羅力大師永遠又酷又帥，所以希望你拿這些錢去買最高級的布料，把披風補好。

我只好接受他們的好意，
來這個鎮上買布料，
沒想到買完還能找零，剩下500元。
我想用這筆錢買他們兩個最愛的蛋糕，
才會來到這裡。但我只買得起一個，
到底要選哪個蛋糕
才能讓他們兩個都開心呢？
我開始煩惱個不停，沒辦法下決定。

「既然這樣，你要不要考慮
親手做一個蛋糕送給他們呢？」
「啊？」對於店長突如其來的提議，
佐羅力愣了一下。

「你們的友情讓我太感動了，所以我想助你一臂之力。我們店的二樓正好在舉辦一堂製作大蛋糕的課程，請務必用那500元來參加。課程中製作的蛋糕尺寸，三個人一起分享也完全沒問題。我們會大量使用本店引以為傲的海綿蛋糕和鮮奶油，絕對美味。」

店長向佐羅力介紹完，
便領著他來到蛋糕店二樓的烘焙教室，
並向正在教室裡上課的大家
說明事情的原委。

「真是一段佳話！」

烘焙老師和參加課程的六位學員
對於佐羅力的加入，
都開心的表示非常歡迎。

緊接著——

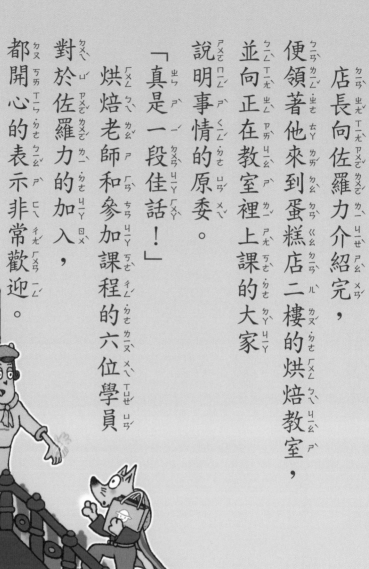

在喋喋不休的學員圍繞下，佐羅力開始學習如何製作蛋糕。
聽說他們三個人身上總共只有3000元。
過得真辛苦。
說是把媽媽留下來給他的披風不小心弄破了。
什麼？竟然連爸爸也不知去向？
所以媽媽已經不在了呀？
真是太可憐了。
刷刷
刷刷
首先，來製作海綿蛋糕的麵糊。
然後將麵糊倒入模具，接著放進烤箱烘烤。
你做什麼工作？
喔，因為有夢想要實現，所以我不想被固定的工作綁住。
有夢想真是一件很棒的事。
你結婚了嗎？
還沒，希望近期能遇到好對象。
你這麼為朋友著想，一定能遇到很棒的對象啦。
蛋糕烤好之後，
接著幫它擠上鮮奶油。

學員們不只幫忙佐羅力做蛋糕，還把她們自己帶來裝飾蛋糕的各種糖果、餅乾和水果都分給佐羅力使用。

不久後，一個漂亮的大蛋糕就完成了。

「嗯——我想讓蛋糕變得更令人驚嘆。」烘焙老師喃喃說道，隨即放了大約十顆鹽味牛奶糖到糖漿裡加熱融化，要拿來當成手工小糖人的材料。

「佐羅力先生，請用這個做出你們三個人的造型小公仔。」

要將熱呼呼、黏答答的糖塑形，
是一件非常不簡單的事情。
但佐羅力還是完成了三個小糖人，
放在蛋糕上做裝飾。

「佐羅力先生真厲害！
充滿心意的
蛋糕完成了！」
烘焙老師
很開心的說道。

教室裡的每個人也備受感動，瘋狂的拍起手來。

接著，其中一位學員對佐羅力說：

「不過呢，這種小糖人非常黏牙，你們可不能一大口吃掉喔。來，請看這邊——

這位太太吃太大口，結果被糖黏住牙齒，導致嘴巴張不開。

「啊啊唔唔唔。」

「看來在糖還沒全部溶化前，暫時沒辦法說話呢。」

大家都哈哈大笑起來。

我一定會小心的。
謝謝各位大力相助，
讓我能帶著這份最棒的禮物回去。

佐羅力真心誠意的道謝，
隨後就離開了蛋糕店。
他的腦中浮現伊豬豬和魯豬豬
看到這個蛋糕的欣喜模樣。

決定了，
我要先把蛋糕放在這裡，
當成飯後給他們的驚喜，
嘻嘻呵呵。

佐羅力把裝著蛋糕的盒子
藏到附近的草叢裡，
然後就往伊豬豬和魯豬豬
待的地方跑去。
但不知道為什麼——

他們兩個只在腰上圍了日式包巾，
其他什麼都沒穿的迎上前來。
「出、出了什麼事？你們怎麼穿成這樣？」
「嘿嘿嘿，因為我們想抓魚。」
「結果就掉進河裡啦。」
佐羅力仔細一看，
營火旁邊正晾著
兩件背心和兩件褲子。

桌子正中間擺著一條巨大的烤魚，還有從這座森林採來的水果和野菜料理，繞著烤魚排成一圈。

多虧你們平常這麼節省，讓我有錢可以買回很棒的布料，真的太感謝了。

那真是太好了。佐羅力大師，快來趁熱一起吃吧。

他們三個一邊聊著今天的遭遇，一邊開心的享用晚餐。

「太好吃了！多謝你們的招待。
不過這條魚實在太大了，吃不完耶。」

「我想想喔，
這些剩下的魚
明天早上可以拿來夾麵包，
做成魚漢堡當早餐吃。」

「喔，太棒了，
真是謝謝你們
事事都幫我弄好。

所以！我特地為你們帶回來一份包含滿滿感謝的禮物喔。」

佐羅力誇張的站起來，接著雙手伸向藏著蛋糕的草叢。

他得意洋洋的拿出了——

快看！

只見一個被弄得破破爛爛的蛋糕盒子，裡面剩下三個東倒西歪，沾滿奶油的小糖人。
哇！怎麼會這樣？這個盒子裡面本來放了我為你們做的蛋糕耶，拜託你們要相信我——
佐羅力一副要哭出來的樣子。這時，伊豬豬和魯豬豬說——
啊，是我們三個的造型小糖人，這是佐羅力大師為我們做的嗎？
有這個我就超級感動了。
他們兩個各自拿了自己造型的小糖人，

接著張大嘴巴。
等一下！
那個小糖人的黏力超級無敵強，會黏住牙齒，讓嘴巴好一陣子都不能張開呀。
拜託你們用舌頭慢慢舔就好。
遵命——
遵命——
伊豬豬和魯豬豬一臉幸福的一邊舔著小糖人，
一邊回到營火旁，結果竟然看到，
啊——

晾在那邊的背心下襬竟然變得破破爛爛，
像被狗啃過似的。
「咦？這不是和本大爺
那件披風裂開的方式
一模一樣嗎？
而且……」
佐羅力盯著自己手上
那個已經變得殘破不堪的
蛋糕盒。

「不管哪個，都有被某種不明生物啃咬過的痕跡。」

伊豬豬和魯豬豬寒毛直豎，互看了一眼。看來那個有著銳利牙齒、來歷不明的生物，似乎又開始在附近出沒了。

是食人花？大蛇？
還是鱷魚？
他們這才想起，
在來這座森林的路上，
曾聽過有幽浮出現的傳聞。
說不定是有
從來沒有人見過，
超級恐怖嚇人的
異形入侵地球。

「一秒都不能拖，

我們要立刻逃出這座森林——」

伊豬豬開始整理行李，

然而，四周已經變暗，什麼都看不到。

那個恐怖的東西到底藏在哪裡，

會從哪裡冒出來，誰也不曉得。

「嘿，我覺得與其在森林裡亂跑瞎闖，

還不如等天亮再行動比較好。」

佐羅力說。

於是，佐羅力三人圍著篝火，
在身邊準備好棍棒，
眼觀四面，耳聽八方。

「好、好可怕喔，
不過我還是想今晚
就把背心補起來。」

「嗯，這樣正好可以
讓我別一直想恐怖異形。」

「好，就這麼辦，

本大爺也來修補披風。」

不過，嚇得瑟瑟發抖的三人，
只要一聽到風吹動樹葉或草叢，
或是角鴞的叫聲，
就忍不住停下縫補衣服的動作。
好不容易，披風和背心
都補好了，
東邊的天空也開始露出魚肚白。
於是伊豬豬立刻起身，

他將昨天晚餐剩下的烤魚夾進麵包裡，

做了三個魚漢堡。

他們想要快快填飽肚子，

離開這座森林。

伊豬豬用嘴巴

銜著自己的那一份，

並一手拿一個漢堡站起來，

準備遞給佐羅力和魯豬豬。

就在這時，

旁邊的草叢中突然跳出某種不知名的東西，擋在伊豬豬的面前。

那個東西緊盯著漢堡看，
並張開大嘴。
「魯豬豬，那個傢伙盯上
我們的漢堡了。」
佐羅力大叫。
兩個人急忙伸手，
各自拿走伊豬豬
手上的漢堡，
然後立刻塞進嘴裡。

昨天蛋糕已經被那個傢伙吃掉了，
他們沒辦法忍受
連今天的早餐也要被搶走。
等三人總算把漢堡
大口吞下肚後——

那個奇怪的生物已經消失得無影無蹤。

等一下，剛剛出現的那個東西，你們有印象嗎？

對，我也覺得好像在哪裡看過。

三人想了好一會兒後，魯豬豬開口叫道：

那不就是霸力嗑力嗎？

瀕危物種
霸力嗑力
女性
男性
啊！
咦？為什麼外星生物霸力嗑力會出現在地球上呢？

佐羅力想起來了，之前外星公主碧嚕嚕拿給他們看過一本《外星動物圖鑑》。

那本圖鑑上面，是這樣描述霸力嗑力的：

瀕危物種

霸力嗑力

男性

手的形狀很像熱狗

女性

手的形狀很像漢堡

☆霸力嗑力被當成外星天然紀念物，在現今屬瀕危物種，是極爲珍稀的動物。

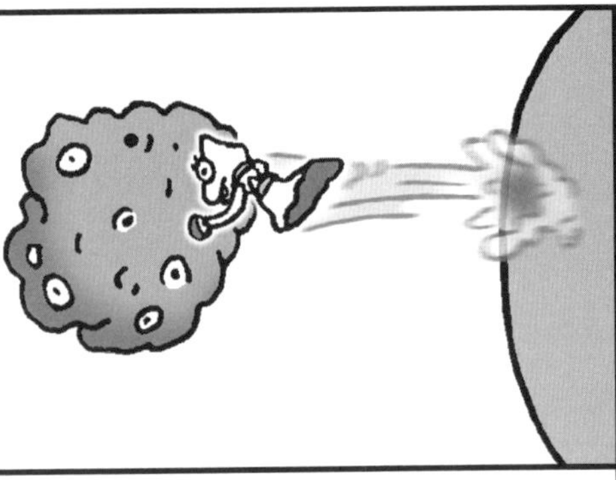

☆要生小寶寶時，會飛往小行星，將蛋孵化後加以養育。

☆而且霸力嗑力每次生寶寶一定是七隻。

在小行星挖地洞，孵化，生下來的七顆蛋。

想知道圖鑑詳細內容的小讀者，請閱讀《怪傑佐羅力太空大作戰》第75頁。

「等一下，那隻霸力嗑力
是在地球出生的嗎？
還長得頭好壯壯！
如果真的是這樣的話，
可能代表霸力嗑力覺得地球很好，
很喜歡地球的環境，
搞不好已經有很多隻都跑來
孵育小寶寶？
這麼一來——

那麼凶惡的霸力嗑力，
生一次就會增加七隻。
要是讓牠們這樣
沒完沒了的
一直不停生下去，
總有一天，
所有的生物
都將被
霸力嗑力

攻擊咬傷，
就連地球也會
被牠們
占領啊！」

意識到會發生這麼可怕的事情後，
佐羅力三人，到底該怎麼做才好呢？
經過深思熟慮後，他們決定前往——

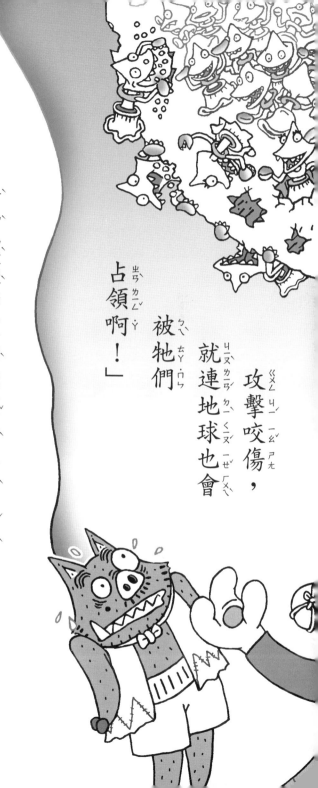

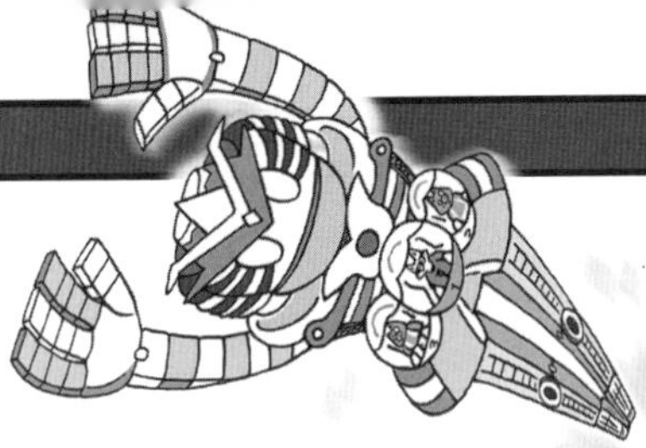

造屁博士的研究室。

造屁博士是一位
專門研究屁動力的專家。
他曾經試圖以屁動力
將隕石噴射出去，

也曾經藉由佐羅力他們
這些放屁名人的屁動力，
成功將名為福氣戰士的機器人
發射到外太空，是非常厲害的一位博士。

佐羅力他們相信，造屁博士一定能想出保護地球，
不受霸力嗑力危害的辦法，
所以他們趕緊前去拜訪。

許久不曾造訪的研究所，
變得富麗堂皇。
他們走進裡面時，
剛好是中午時分。
造屁博士
正在一間非常寬敞的
廚房裡面忙著
煮義大利麵。

喔，佐羅力先生，是你們哪！來得正是時候，要不要跟我一起吃午餐？

肚子很餓的三人心中大喜，便接受博士的邀請，一起享用了美味的義大利麵。
好酷的廚房啊。
是啊，我也開始接受贊助啦。研究工作最需要注重身體健康，第一步就是重視飲食，於是我請廠商弄了這間漂亮的廚房。他們也會定期送食材過來。
看起來，我似乎可以在這裡重做一個蛋糕，送給伊豬豬和魯豬豬。

佐羅力邊想邊喝了一口咖啡。

突然，他想起自己
造訪這裡的原因。

「博士！大事不妙了。
從外太空來的外星生物
很可能要占領地球啦！」

佐羅力仔細說明了霸力嗑力的事，
造屁博士聽完之後說：

「唔？這麼說來……

☆這間廚房是大富豪錢多多小姐送給博士的禮物。錢多多小姐與她的夫婿曾被困在外太空，最後靠著造屁博士製造的機器人福氣戰士才得以獲救。

之前你們駕駛的
福氣戰士號
從外太空返航後，
我在進行保養檢查時，
偶爾會發現
照片上出現這個
奇怪的不明生物。」
博士拿出三張照片
給他們看。

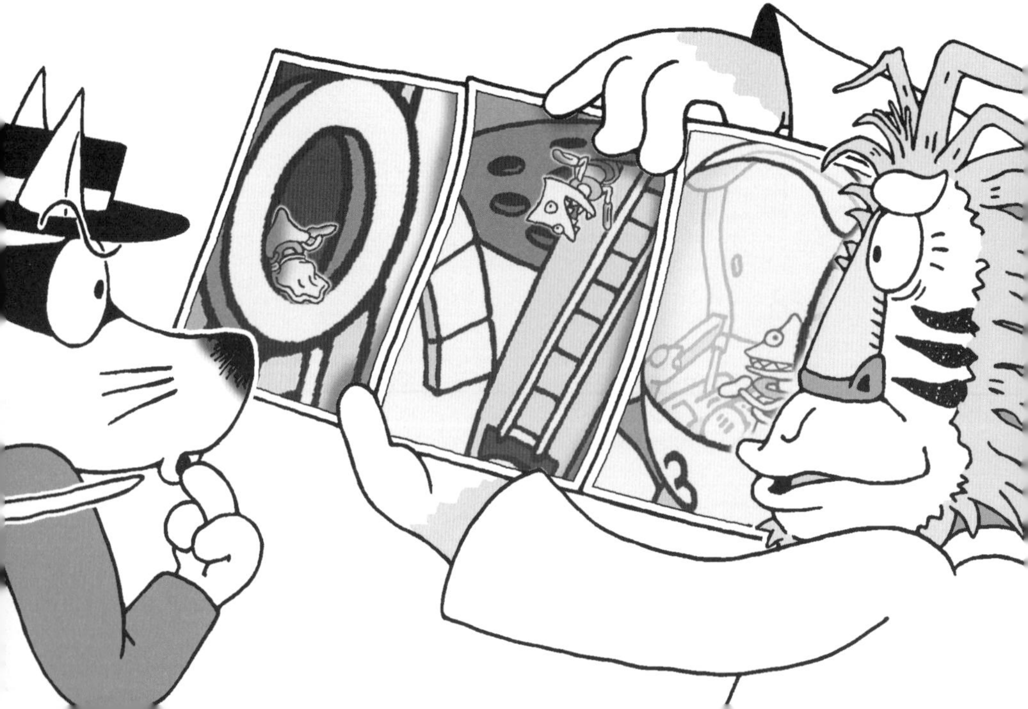

「啊，這正是霸力嗑力沒錯。
難道說，
是我們在不知不覺中
將牠們帶來地球？」

可是，那隻跳上福氣戰士的霸力嗑力，明明被我們用臭屁噴飛到外太空了呀。
噗砰——砰
不對，你們仔細看一下。

「這隻霸力嗑力應該還是小寶寶，而那時候攀在福氣戰士上的，應該是霸力嗑力媽媽吧？可能是當時小寶寶還太小，所以我們都沒有發現牠。」

「既然只有一隻小霸力嗑力的話，那就不用擔心地球

會被牠占領了吧！」

「不不不，雖說你們不知情，
但是將外星生物帶來地球，
可是會造成大問題呢。
我們必須在事情變嚴重前，
親手捕捉牠，
然後讓人悄悄送回外太空比較好，
你說是吧，佐羅力先生。」

「咦？你說要叫誰帶牠回去？」

「既然是你們帶來的，就應該由你們把牠帶回去呀，我說的沒錯吧？」
「我們又不是故意把牠帶來地球的。」
「這樣不就變成了誘拐嗎？」
不！
本大爺絕不會做出那種把小孩從媽媽身邊帶走的殘忍行為。我不能忍受被誤認為誘拐犯和盜獵者！

就在這個時候，
被迫想起痛苦往事
的佐羅力身旁——
竟然有隻霸力嗑力跑過去。
佐羅力眼睜睜的看著
牠往研究所後面跑——

然後爬到福氣戰士三號身上。

「嘿，這正是個絕妙好時機啊，那個機器人已經做好準備，隨時可以起飛，而且能駕駛它的三位放屁名人也到齊了，豈不是馬上就能將那隻小霸力嗑力送回外太空。」

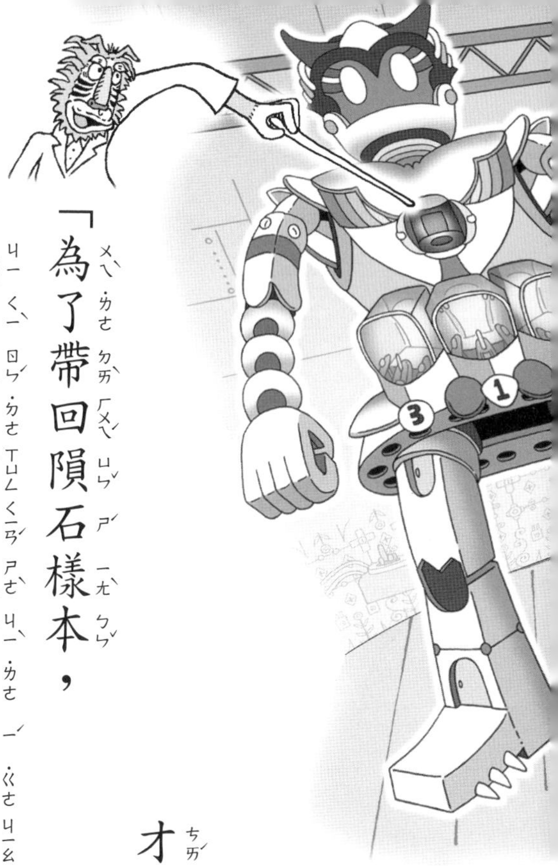

「為了帶回隕石樣本，機器人的胸前設計了一個膠囊空間，如果你們能將小霸力嗑力趕到那裡面的話，就可以立刻出發。」

「不過，首先要想辦法讓小霸力嗑力乖乖進去機器人裡面才行呀。」

事情就是這樣，佐羅力和伊豬豬、魯豬豬，開始與小霸力嗑力展開你追我跑的追逐戰。

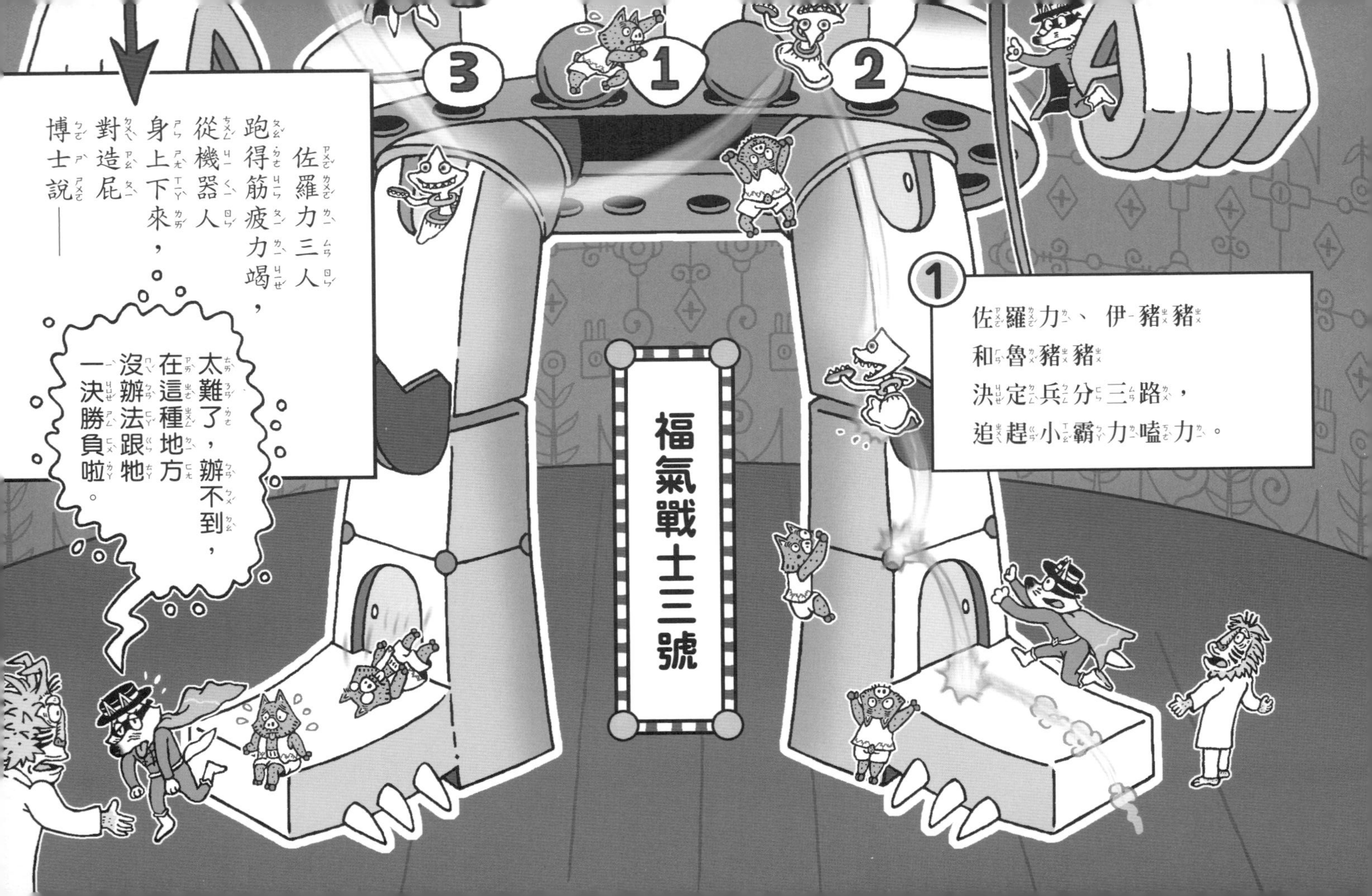

1
佐羅力、伊豬豬和魯豬豬決定兵分三路，追趕小霸力嗑力。
福氣戰士三號
3
1
2
佐羅力三人跑得筋疲力竭，從機器人身上下來，對造屁博士說——
太難了，辦不到，在這種地方沒辦法跟牠一決勝負啦。

可是，那隻小霸力嗑力不停的四處亂竄，動作比想像中還要敏捷，讓佐羅力他們怎麼抓都抓不到。

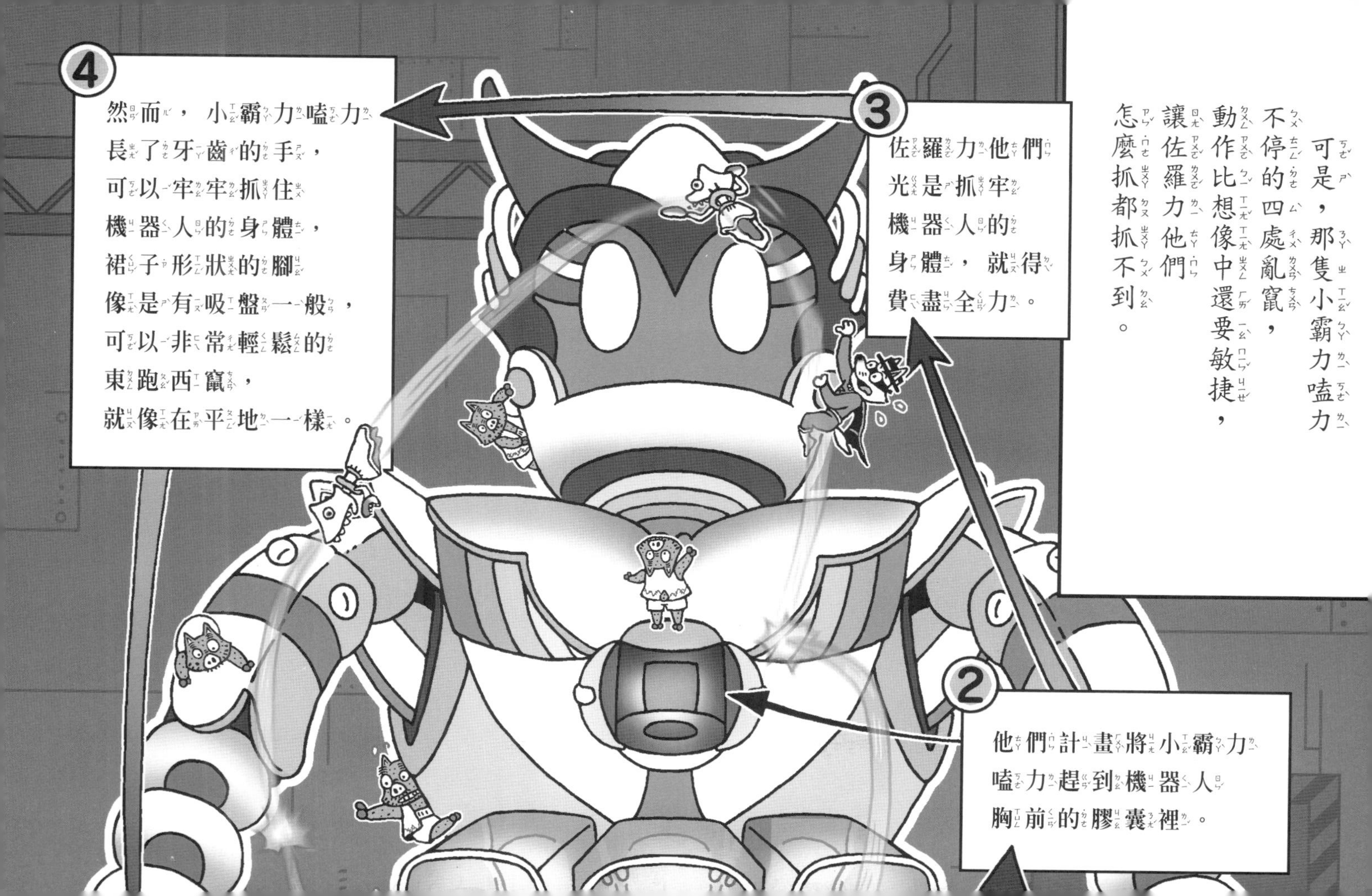

②
他們計畫將小霸力嗑力趕到機器人胸前的膠囊裡。
③
佐羅力他們光是抓牢機器人的身體，就得費盡全力。
④
然而，小霸力嗑力長了牙齒的手，可以牢牢抓住機器人的身體，裙子形狀的腳像是有吸盤一般，可以非常輕鬆的東跑西竄，就像在平地一樣。

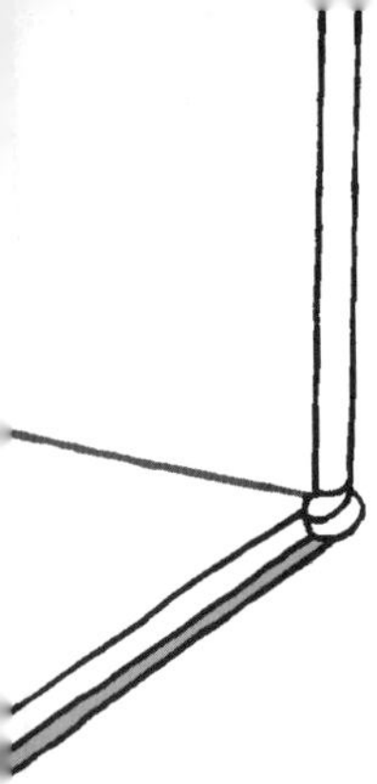

「我們改變策略，先將小霸力嗑力引誘到地面，然後抓住牠。」

「佐羅力先生是不是想到什麼好點子了？」

「沒錯，為了這個計畫，我打算在廚房做個東西。在這個東西做好之前，想請博士幫忙，製作一個可以關住小霸力嗑力的籠子。」

「沒問題，交給我，小事一樁。」

咦？

佐羅力到底想做什麼呢？

博士立刻開始著手製作用來捕捉小霸力嗑力的鐵籠。

另一邊，佐羅力也穿上圍裙，走進廚房。

原來是想做昨天剛學會的蛋糕。
他看到小霸力嗑力狂吃蛋糕的模樣，
想到如果利用同樣的蛋糕，
應該就能將牠引到籠子裡。
「哇，佐羅力大師好有才華，
超厲害的。」
「佐羅力大師真的
為了我們兩個
做了一個大蛋糕耶。」

一個看起來非常美味的蛋糕，在伊豬豬和魯豬豬眼前漸漸成形。

不過，遺憾的是，這個蛋糕也注定要進到小霸力嗑力的肚子裡。

他們三個捧著做好的蛋糕回到造屁博士那邊。

博士已經照著約定，
做好一個非常堅固的鐵籠。
「來吧，伊豬豬、魯豬豬，
你們把那個蛋糕放進籠子裡。」
兩個人搬著蛋糕走過去，
心中同時也懊惱不已。
因為佐羅力大師做的蛋糕，他們不僅前一個沒吃到，
就連現在這個也沒辦法吃一口。
就是因為這麼不甘心，

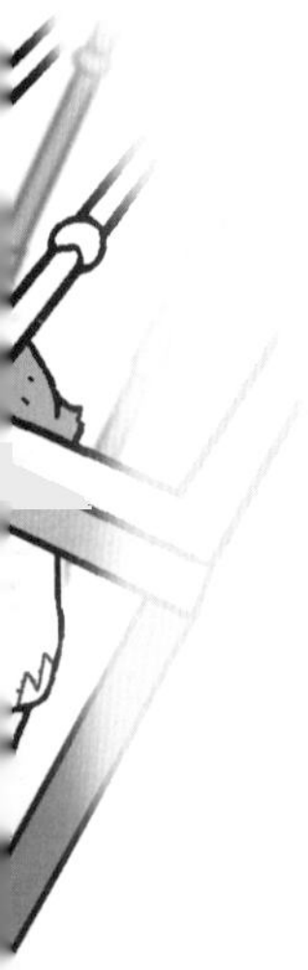

兩個人就連走進籠子後，
都還不想放下
手中的蛋糕，
一直緊緊盯著不放。
就在大家沒注意的時候，
小霸力嗑力居然也鑽進
那個籠子裡。

就是現在！

造屁博士急急忙忙將
籠子門——

一把關上，還上了鎖。

「成功啦——」

不過，他定睛一看，

伊豬豬和魯豬豬還在籠子裡。

「完蛋了！」

小霸力嗑力想吃蛋糕，

露出了尖銳的牙齒漸漸逼進，

把他們追得想跑都沒地方跑。

「佐羅力大師，救命啊——」

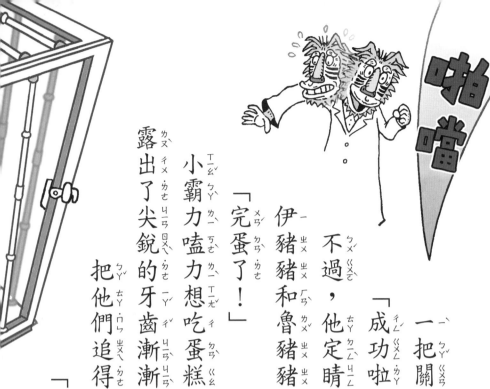

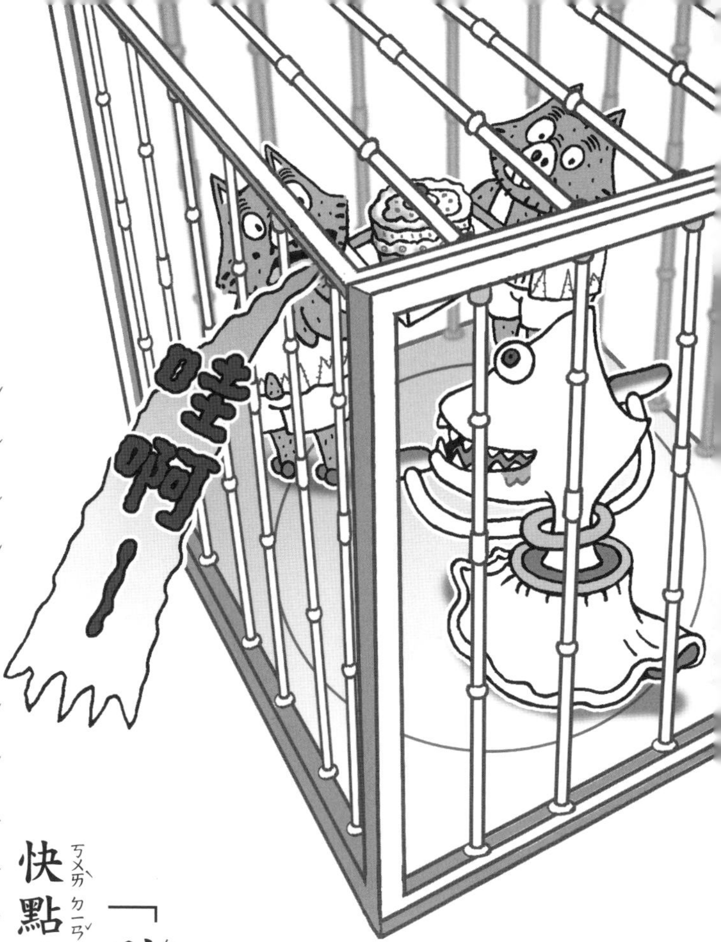

伊豬豬和魯豬豬慘叫的同時，小霸力嗑力也張大嘴巴，朝蛋糕飛撲過去。

「別管蛋糕了，快點放手，否則連你們的手也會被咬掉啊！」

佐羅力大喊著。

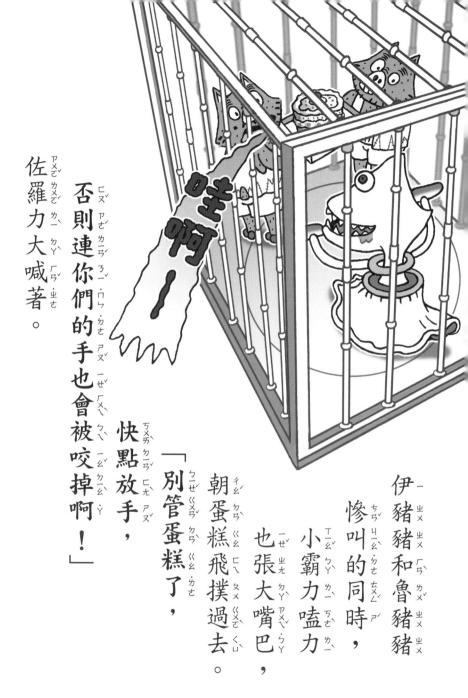

真是千鈞一髮！

就在小霸力嗑力飛撲過來的前一秒，
伊豬豬和魯豬豬鬆手放掉蛋糕，
並各自往旁邊一跳，驚險的閃開，
兩人的手也保住了。

而小霸力嗑力
由於用力過猛，
把蛋糕連同鐵欄杆一起
喀啦喀啦咬碎，

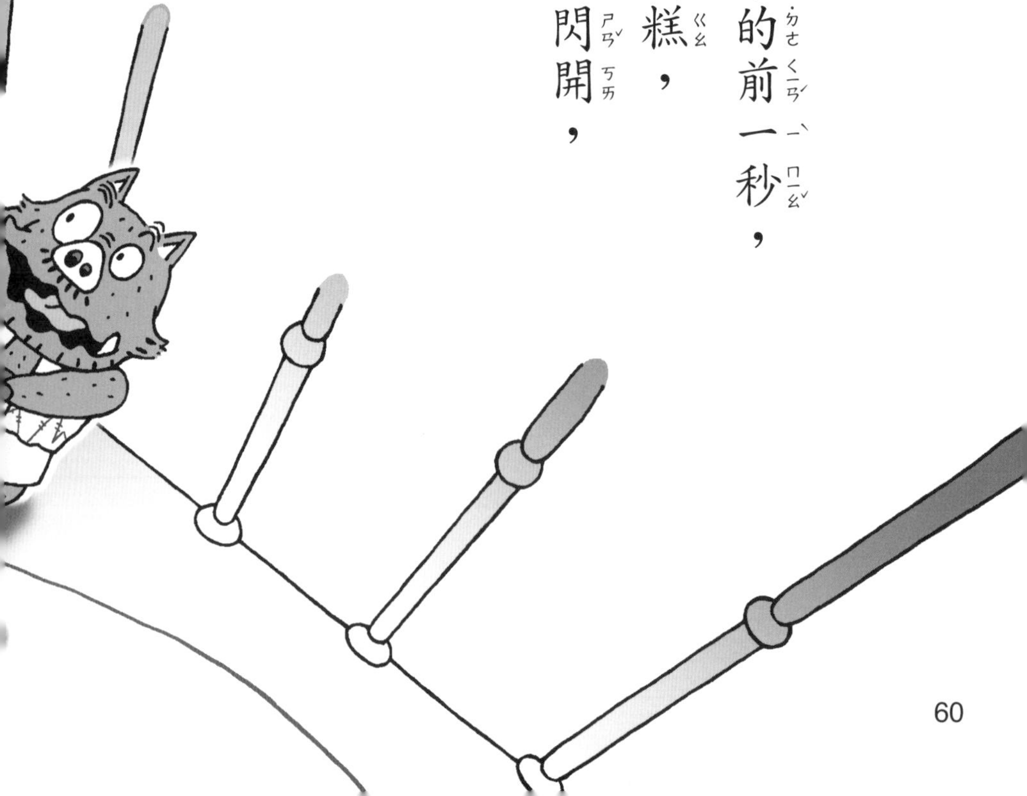

接著就消失得
無影無蹤。

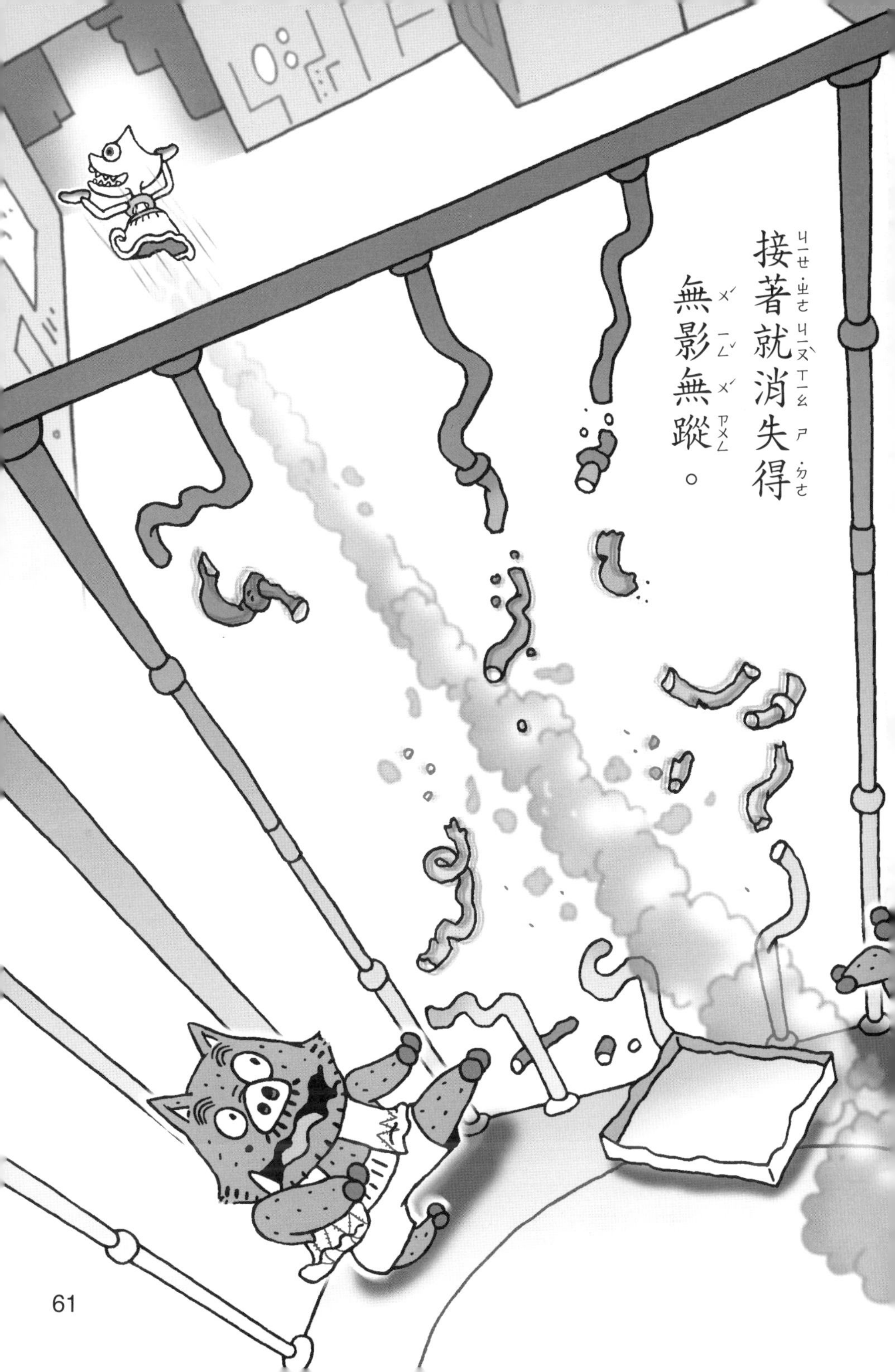

「天哪！小霸力嗑力的牙齒竟然可以咬碎鐵欄杆。那麼不管打造多堅固的籠子，牠還是會馬上逃走。」

「恐怕得先針對牠那銳利的牙齒想點辦法。」

佐羅力與造屁博士雙雙抱著腦袋苦思。

此時，籠子裡的伊豬豬和魯豬豬正在舔佐羅力做的小糖人。

受到驚嚇的兩人，靠著舔食小糖人，

心情應該能平靜下來吧。
佐羅力看著這幕，
突然想起烘焙教室裡那位太太
對他講過的話。

因為吃得太大口，
結果糖黏住牙齒，
導致嘴巴張不開。
啊唔
啊唔
啊唔
對了！

「伊豬豬、魯豬豬，抱歉啦，
我需要用一下那些小糖人。」
靈光一閃的佐羅力
拿著兩人的造型小糖人，
連同自己那一隻，一起給博士看。
「我們可以把這個硬塞進
小霸力嗑力的嘴巴和雙手裡，
這樣一來，糖就會牢牢黏在
牠的牙齒上，

牠的嘴巴和雙手也會難以張開，
我們就趁機用膠帶
封住牠的嘴巴和手。」

「不過，小霸力嗑力的動作那麼敏捷，
四處竄來竄去的，
我們有辦法順利把小糖人塞進牠的嘴巴和手裡嗎？」

造屁博士一點信心都沒有。

「說不定，有辦法製造出那樣的機會喔。」

佐羅力開始說明。

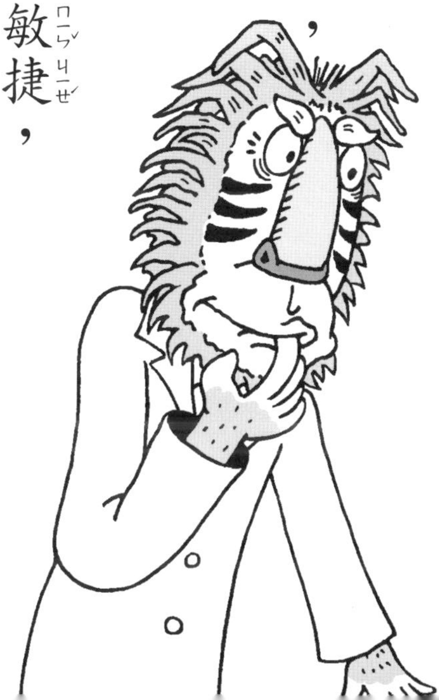

「今天早上，本大爺原本以為小霸力嗑力是盯上了伊豬豬手中的兩個漢堡才會現身，不過如果真是這樣，牠應該會像剛剛搶蛋糕時一樣，馬上飛撲過去才對，但那時小霸力嗑力卻只是張大嘴巴和雙臂，一直盯著伊豬豬看。

我猜，一定是因為伊豬豬的模樣和霸力嗑力很像的緣故。」

「原來牠把我誤認為同伴，才沒有攻擊我呀。」

如果再次重現那樣的情境，小霸力嗑力就會一動也不動，那麼我們一定能找到機會，把小糖人塞進牠的嘴巴和手裡。

就這樣，他們想出以下這個計畫——

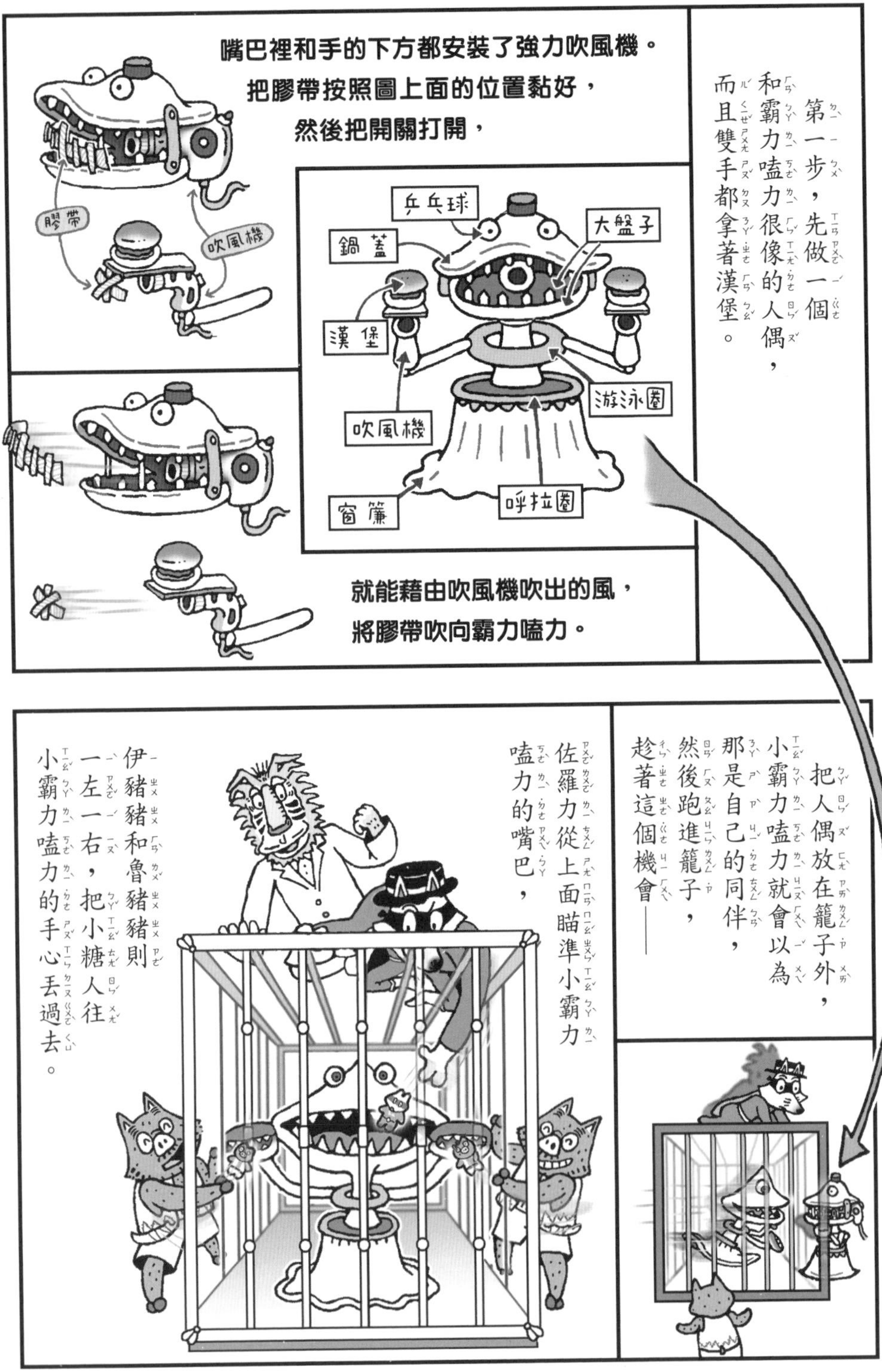
第一步，先做一個和霸力嗑力很像的人偶，而且雙手都拿著漢堡。
嘴巴裡和手的下方都安裝了強力吹風機。
把膠帶按照圖上面的位置黏好，
然後把開關打開，
膠帶
吹風機
乒乓球
大盤子
鍋蓋
漢堡
游泳圈
吹風機
窗簾
呼拉圈
就能藉由吹風機吹出的風，
將膠帶吹向霸力嗑力。
把人偶放在籠子外，小霸力嗑力就會以為那是自己的同伴，然後跑進籠子，趁著這個機會——
佐羅力從上面瞄準小霸力嗑力的嘴巴，
伊豬豬和魯豬豬則一左一右，把小糖人往小霸力嗑力的手心丟過去。

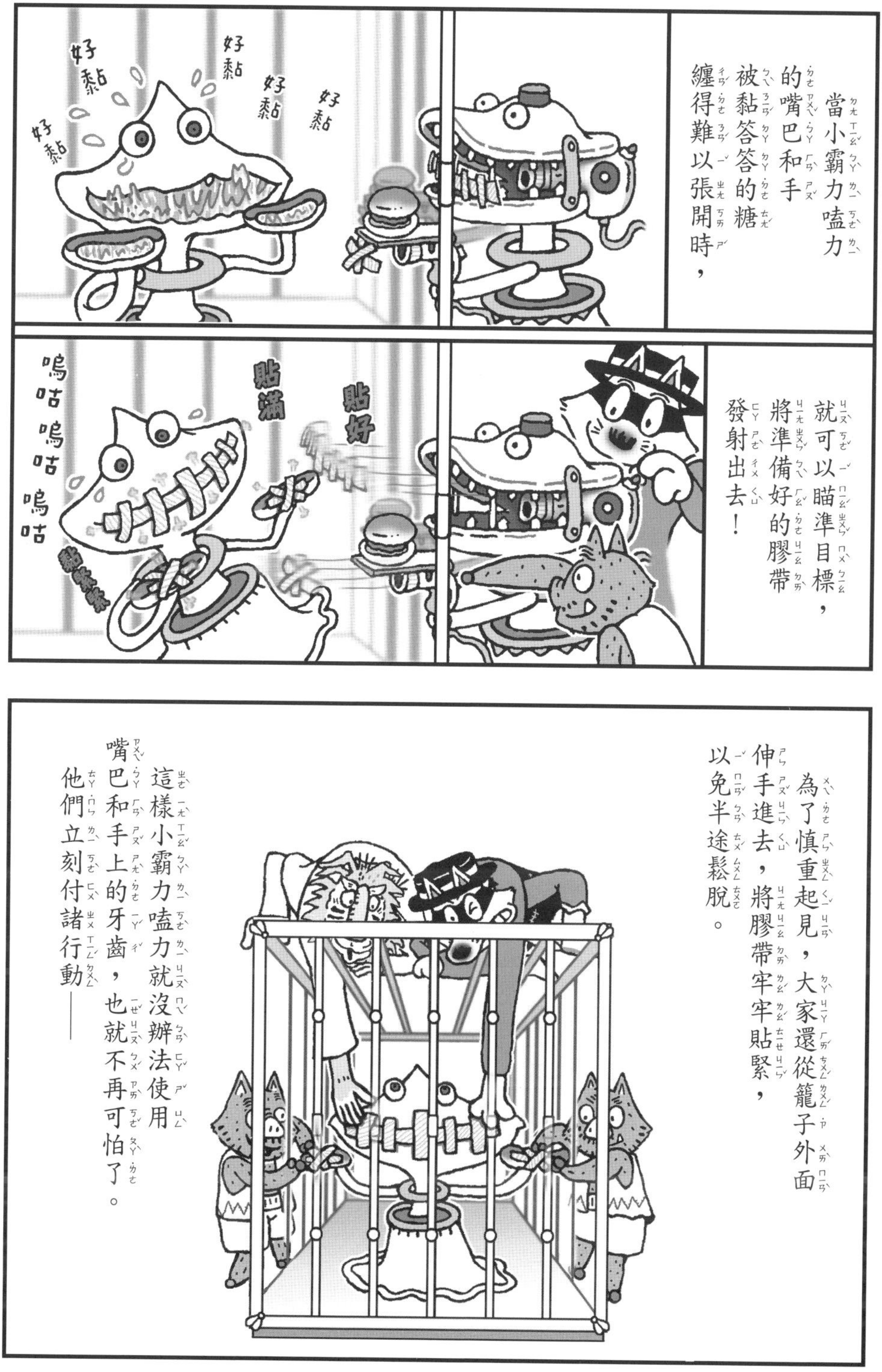
當小霸力嗑力的嘴巴和手被黏答答的糖纏得難以張開時，
好黏
好黏
好黏
好黏
就可以瞄準目標，將準備好的膠帶發射出去！
貼好
貼滿
嗚咕嗚咕嗚咕
為了慎重起見，大家還從籠子外面伸手進去，將膠帶牢牢貼緊，以免半途鬆脫。
這樣小霸力嗑力就沒辦法使用嘴巴和手上的牙齒，也就不再可怕了。
他們立刻付諸行動——

佐羅力的作戰計畫如同預想般順利進行著，小霸力嗑力被人偶引誘到籠子裡，佐羅力三人毫不費力的把小糖人扔進去。

他們也進一步朝小霸力嗑力被糖黏住的嘴巴和雙手成功發射了膠帶。

「很好，大功告成。」
佐羅力三人和造屁博士
從籠子外伸手，
將貼在小霸力嗑力
嘴巴和雙手上的膠帶，
使勁壓得牢牢的。
這次的作戰非常成功！
接下來只需要
關上籠子門就行了。

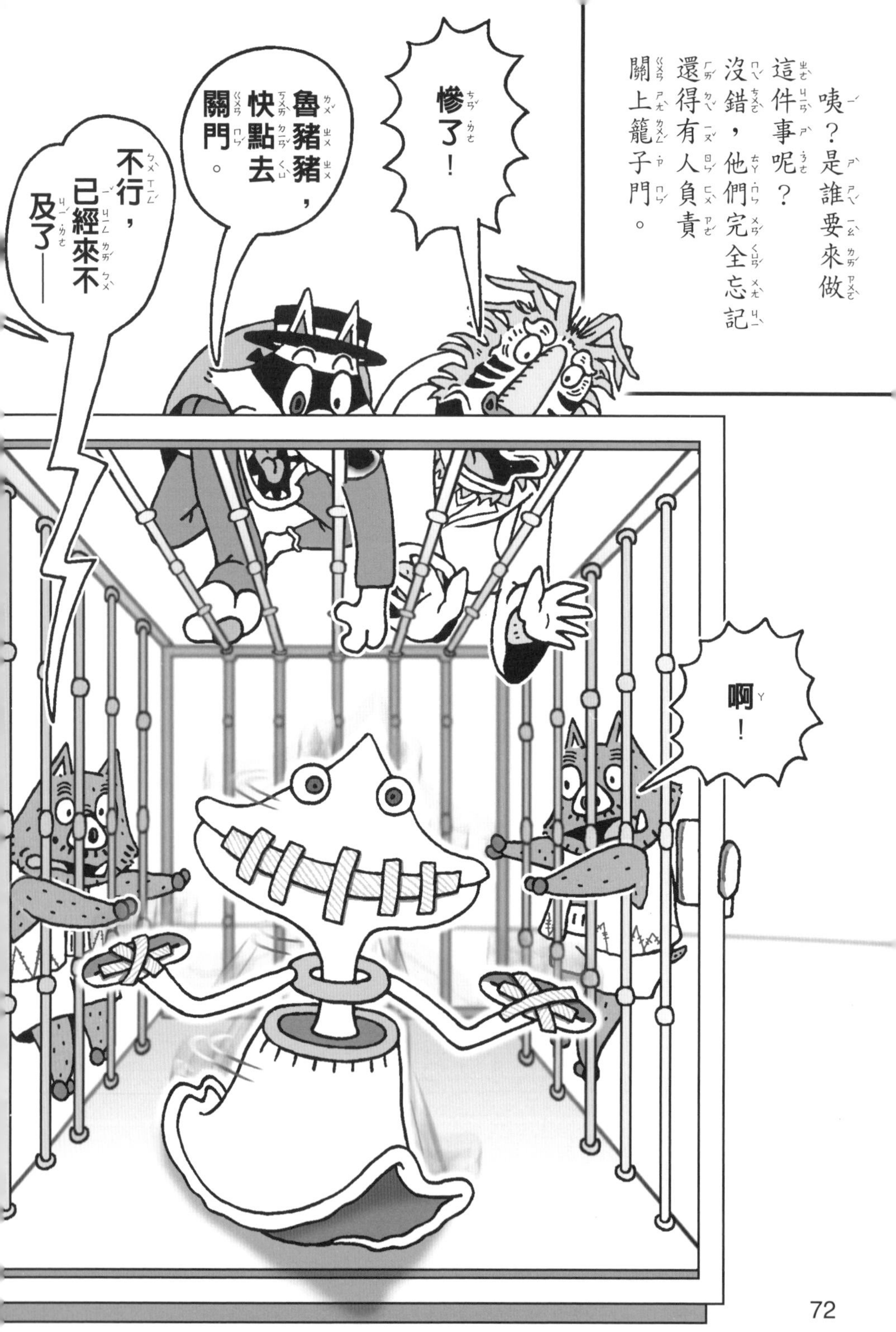
咦？是誰要來做這件事呢？沒錯，他們完全忘記還得有人負責關上籠子門。
慘了！
魯豬豬，快點去關門。
不行，已經來不及了——
啊！

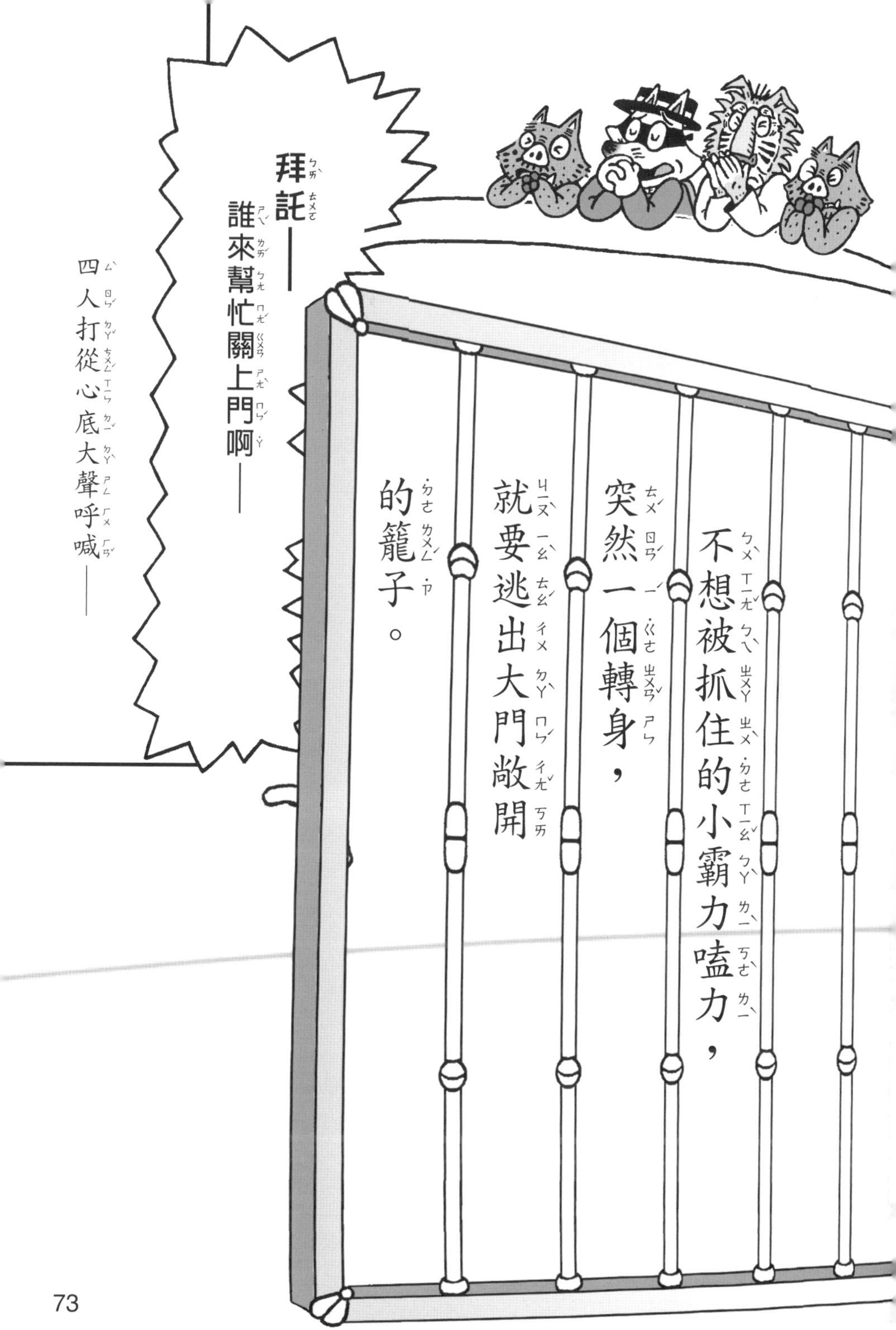

不想被抓住的小霸力嗑力，突然一個轉身，就要逃出大門敞開的籠子。

四人打從心底大聲呼喊——

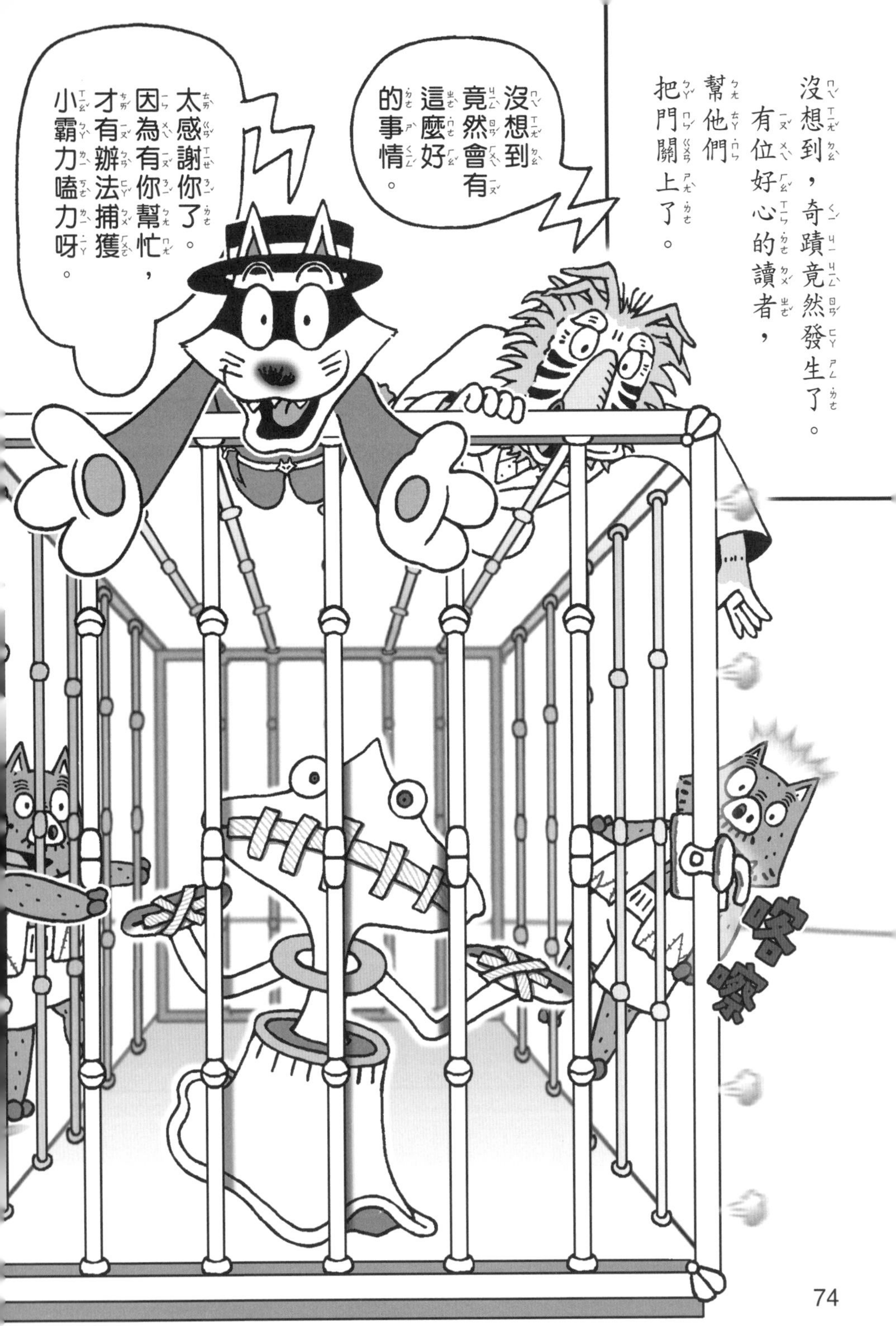
沒想到，奇蹟竟然發生了。有位好心的讀者，幫他們把門關上了。
沒想到竟然會有這麼好的事情。
太感謝你了。因為有你幫忙，才有辦法捕獲小霸力嗑力呀。
喀嚓

四個人心中都充滿感激。

「那麼，大家立刻將小霸力嗑力移到福氣戰士三號的膠囊裡，出發前往外太空吧。」

造屁博士跑進指揮室，開始處理發射前的準備工作。

佐羅力他們則為了儲存屁動力，正準備前往廚房吃蒸地瓜，

然而——

照理來說，
應該已經檢查就緒的
福氣戰士三號，身上卻出現許多破洞，
就連內部的線路
也全都斷了。
「明明到昨天為止，
一切都還很正常啊，
怎麼會發生
這種事情呢？」

「該不會是剛才我們在福氣戰士三號身上，
跟小霸力嗑力「你追我跑」才弄成這樣？
因為那傢伙當時太激動，
不停的到處抓、到處咬。」

「嗯，這下麻煩了，
看起來，完全修好需要一個月左右。
佐羅力先生，這段期間只好拜託你們
負責看管小霸力嗑力啦。」

可是，就算他們接下這個委託——

若是把膠帶撕開，餵小霸力嗑力吃東西，他們一定會被牠那尖銳的牙齒攻擊吧！牠一定也會咬碎鐵欄杆逃走吧！

不管如何苦思，佐羅力他們都不認為自己有把握做好這件事。

束手無策的三人腦中浮現了一個想法——

那裡就是「恐龍家族」居住的小島。
佐羅力他們拯救了被拐走的小恐龍，
因而與恐龍家族變成朋友。
後來雙方互相幫助，
佐羅力他們
幫恐龍媽媽
守護最寶貝的
恐龍蛋，
恐龍家族則收留
佐羅力他們帶來的
孤兒怪獸，
以及可憐的
黑猩猩一家。

恐龍家族全體出動，
大家都前來迎接
佐羅力一行人。
恐龍媽媽
向他們打招呼，

哎呀，
各位好久不見，突然光臨小島，
是否有什麼事需要
我們幫忙呢？

想知道恐龍家族
故事的小讀者，
請閱讀：

- 《怪傑佐羅力之拯救小恐龍》
- 《怪傑佐羅力之大怪獸入侵》
- 《怪傑佐羅力緊急出動！守護恐龍蛋》

「沒錯，不瞞你說，我們正需要協助。不知道你們能不能幫忙，暫時收留這隻獨自從外太空來到地球的小霸力嗑力呢？」

「哎呀，從外太空千里迢迢來到這裡，牠的心裡應該很不安吧！但是，佐羅力先生，你們怎麼能用這種方式對待遠道而來的小客人，太過分了吧？」

恐龍媽媽聽了佐羅力的說明，

連忙放出籠子裡的
小霸力嗑力，
並幫牠撕開
嘴巴及手上的膠帶。
「危險哪！」
佐羅力還來不及阻止，
小霸力嗑力已經露出尖銳的牙齒，
朝一旁的小怪獸尾巴
用力咬下去。

不過小怪獸卻一副
不痛不癢的模樣。
恐龍媽媽看到這情況，
溫柔的對小霸力嗑力說：
「哎呀呀，
你來到一個陌生的地方，
一定很害怕吧。
這隻小怪獸
和你一樣

沒有爸爸和媽媽，
不過牠現在已經是
我們家裡的一分子了。
你也不用擔心喔，
不會有事的，
就在這裡跟我們一起生活吧！
你說對吧，佐羅力先生。」
「是這樣沒錯，但……」
佐羅力說得支支吾吾的。

「這個孩子的爸爸和媽媽，
應該還在浩瀚無垠的外太空某處，
不過我們並不知道
牠們到底在哪裡，
也沒自信能順利
把牠送回去……
所以我們三個商量後，
認為小霸力嗑力
與你們在這個島上一起生活，

應該會比較幸福，
才將牠帶到這裡，
也就是說——」
「等一下！」
恐龍媽媽打斷佐羅力的話，
臉上還露出
前所未見的可怕表情。
「佐羅力先生，
我真是看錯你了。」

「如果你是這個孩子，不管天涯還是海角，
應該都會想回到媽媽身邊吧。」
即便媽媽遠在天堂，
依然想跑去與她相見的佐羅力
被這席話給驚醒了。

沒錯，將這個孩子
帶回牠的母親身邊，
是本大爺的使命啊！
本大爺的媽媽
一定也會希望
我這麼做。

嘿，伊豬豬、魯豬豬，你們願意跟我一起去嗎？

那是一定要的呀，就算要水裡來火裡去，就算是宇宙的盡頭，我們都會陪著佐羅力大師一起！

謝謝你們。好——那等福氣戰士三號修理好，我們就立刻出發吧。

「這樣才像佐羅力先生嘛！」

因此，接下來有件大事要向大家宣布。

從下一集開始，

怪傑佐羅力即將邁入新系列！

怪傑佐羅力　外太空篇

佐羅力與伊豬豬、魯豬豬
為了將外星生物小霸力嗑力，
送到在外太空某處等待的
霸力嗑力媽媽身邊，
因而踏上旅程。

以壯闊外太空
為舞臺的
漫遊之旅
就此展開！

本大爺總有一天一定會幫你找到媽媽的。
爲了不被攻擊，所以幫牠戴上嘴套。
由於要展開十分漫長的旅行，他們請造屁博士幫福氣戰士三號裝了能利用外太空光源來發電的太陽能板。

而佐羅力可就更開心了……
那會是一個什麼樣的世界啊，好興奮，超期待的。
說不定會遇上很奇特的外星人喔。
等、等、等一下，怎麼隨便就編起新故事，我可不依。
咦，怎麼了？

如果要發展新系列，那得好好想想太空裝要怎麼設計。
例如像這個，融入了美觀、酷炫、並且能夠在外太空耀眼登場的「近未來」元素。
那我們兩個也不能一直都是現在這個造型呀。
最好是跟我們的肚圍很搭，而且看起來很帥的太空裝。
這次旅行，小霸力嗑力會一直跟我們在一起，所以也得讓牠穿得時尚一點。
唉——現在開始發展新系列啊？那我到底要畫到何年何月呢？
總之，先研究一下外太空的相關資料，早點做好準備吧。
就這樣，大家對新系列都做好心理準備，就在此時——
超閃亮

四周突然被耀眼的光芒籠罩，

空中傳來一個有點耳熟的聲音。

從天而降的幽浮上面，出現了外星公主碧嚕嚕的身影。

「竟然把小霸立嗑力帶到地球來，真是太不可原諒了！你們知道我們是抱著多麼焦急的心情，到處尋找這個孩子嗎？來，你們自己看看，霸力嗑力媽媽因為擔心過度，都瘦成了這副模樣。」

霸力嗑力媽媽踩著搖搖晃晃、虛浮無力的腳步，從幽浮裡走出來。

被恐龍媽媽抱在手裡的小霸力嗑力，一看到那個身影，

立刻朝媽媽飛撲過去。
霸力嗑力媽媽用盡全力，
一把將自己的孩子
緊緊抱在懷裡。

真是一場感人肺腑的重逢。

「佐羅力先生，
都是因為你的關係，
造成牠們骨肉分離，
你這根本就是誘拐的行為。」

碧嚕嚕怒氣難消。

「等等，這是有原因的……」

儘管佐羅力開口想解釋，卻被打斷。

「我不想聽任何藉口。
反正你就是因為知道
霸力嗑力是外星瀕危物種，
覺得可以用來賺進大把鈔票，
就把牠帶來地球，
我說的沒錯吧？」

「不，不是這樣的……」

「什麼都別再說了，
自從那時候我看到你
在外太空
追著霸力嗑力跑，
就覺得你
很可疑了。」

「不，請聽我
解釋一下嘛……」

「閉嘴！事到如今還想找理由，真是太可恥了。這次我可以原諒你，但這種事情絕對不能再發生第二次。」

碧嚕嚕丟下這些話，就帶著霸力嗑力母子回去了。

佐羅力一句話都沒辦法反駁，只能眼睜睜看著幽浮越飛越遠，越變越小。

「堂堂正正的本大爺怎麼會誘拐小孩呢？唉——」

佐羅力深深嘆了一口氣。

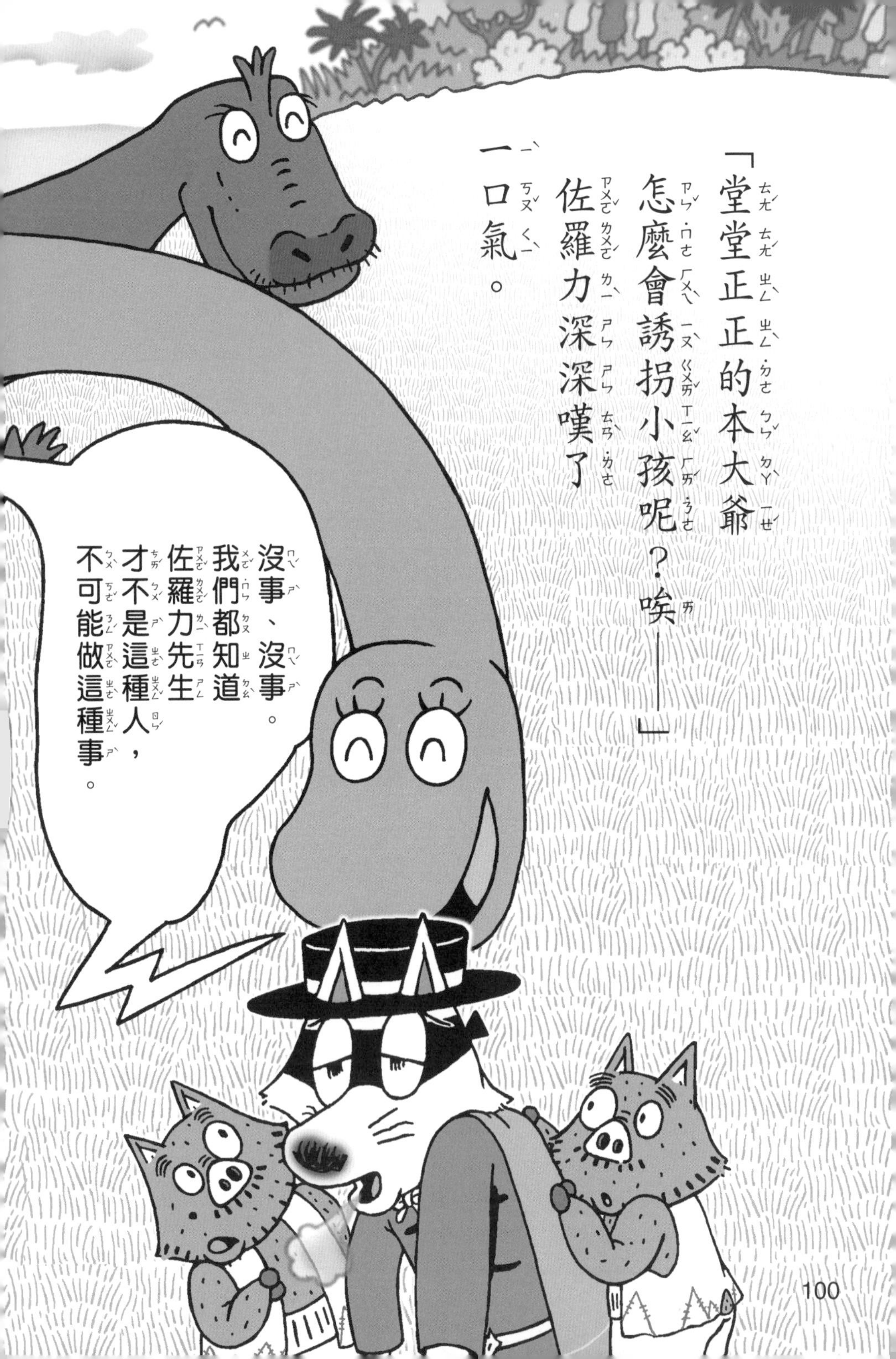
沒事、沒事。我們都知道佐羅力先生才不是這種人，不可能做這種事。

不過，那個外星人怎麼會這樣想呢，真是讓人嚇一跳。
別管那個了，小霸力嗑力能平安無事回到媽媽的身邊，那才是最棒的呢。

恐龍媽媽總是能說出最有道理的話。

由於以上原因，佐羅力就不需要去外太空旅行了。

所以，請大家把第90頁的重大宣布，通通忘光光吧！

佐羅力他們從恐龍島回到研究所，跟造屁博士說明了事情發生的經過。三人向造屁博士道別之後，就像往常一樣，一起踏上旅程。
太可惜了！要是能借造屁博士的廚房，請佐羅力大師再為我們做一次蛋糕，那該有多好？
啊～連佐羅力大師做的小糖人都被那個小霸力嗑力吃掉了。

寫給各位讀者

這回，多虧各位讀者對我家佐羅力伸出援手。就算只是以閱讀故事的方式來默默守護佐羅力，也已經足以令我感到欣喜不已，滿懷感激。此次實在是非常感謝大家。

佐羅力媽媽　筆

本大爺應該最了解媽媽不在身邊的失落感，卻沒有對那個孩子的心情感同身受，現在正深切反省中。
不過，本大爺竟然就這樣被那個外星公主碧嚕嚕認定是誘拐犯和盜獵者！啊——太可恨了，總有一天本大爺得飛往外太空，去解開這個誤會才行。
呼，事情就是這樣，接下來我也能照計畫讓佐羅力三人繼續原本的旅程，請大家多多指教啦。
我也大大鬆了一口氣呢。

作者簡介

原裕 Yutaka Hara

一九五三年出生於日本熊本縣，一九七四年獲得KFS創作比賽「講談社兒童圖書獎」，主要作品有《小小的森林》、《手套火箭的宇宙探險》、《寶貝木屐》、《小噗出門買東西》、《我也能變得和爸爸一樣嗎？》、【輕飄飄的巧克力島】系列、【膽小的鬼怪】系列、【菠菜人】系列、【怪傑佐羅力】系列、【鬼怪尤太】系列、【魔法的禮物】系列等。

譯者簡介

周姚萍

兒童文學創作者、譯者。著有《我的名字叫希望》、《山城之夏》、《妖精老屋》、《魔法豬鼻子》等作品。譯有《大頭妹》、《四個第一次》、《班上養了一頭牛》、《那記憶中如神話般的時光》等書籍。曾獲「文化部金鼎獎優良圖書推薦獎」、「聯合報讀書人最佳童書獎」、「幼獅青少年文學獎」、「國立編譯館優良漫畫編寫」、「九歌年度童話獎」、「好書大家讀年度好書」、「小綠芽獎」等獎項。

國家圖書館出版品預行編目資料

怪傑佐羅力恐怖的外星訪客
原裕 文、圖；周姚萍 譯 --
第一版. -- 臺北市：親子天下, 2023.06
104 面；14.9x21公分. --（怪傑佐羅力系列62）
注音版
譯自：かいけつゾロリきょうふのエイリアン
ISBN 978-626-305-468-4（精裝）
861.596　　112004699

怪傑佐羅力系列62

怪傑佐羅力恐怖的外星訪客

作者｜原裕（Yutaka Hara）
譯者｜周姚萍
責任編輯｜張佑旭
特約編輯｜劉握瑜
美術設計｜蕭雅慧
行銷企劃｜翁郁涵

天下雜誌群創辦人｜殷允芃
董事長兼執行長｜何琦瑜
媒體暨產品事業群
總經理｜游玉雪
副總經理｜林彥傑
總編輯｜林欣靜
行銷總監｜林育菁
資深主編｜蔡忠琦
版權主任｜何晨瑋、黃微真

出版者｜親子天下股份有限公司
地址｜臺北市 104 建國北路一段 96 號 4 樓
電話｜（02）2509-2800
傳真｜（02）2509-2462
網址｜www.parenting.com.tw

讀者服務專線｜（02）2662-0332
傳真｜（02）2662-6048
客服信箱｜parenting@cw.com.tw
週一～週五：09：00~17：30
製版印刷｜中原造像股份有限公司
法律顧問｜台英國際商務法律事務所・羅明通律師
總經銷｜大和圖書有限公司
電話｜（02）8990-2588
出版日期｜2023 年 6 月第一版第一次印行
2024 年 2 月第一版第三次印行
定價｜320 元
書號｜BKKCH031P
ISBN｜978-626-305-468-4（精裝）

訂購服務
親子天下 Shopping｜shopping.parenting.com.tw
海外・大量訂購｜parenting@cw.com.tw
書香花園｜臺北市建國北路二段 6 巷 11 號
電話｜（02）2506-1635
劃撥帳號｜50331356 親子天下股份有限公司

如果佐羅力展開外太空之旅——
故事劇情就像這樣呀，我們帶著小霸力嗑力到外太空去找媽媽……
唔——我年紀太大了，沒辦法發展新系列。不好意思，我就不奉陪啦。
作者
原裕
真是拿你沒辦法。那麼，要是本大爺和伊豬豬、魯豬豬達成目標回來的話，你就畫個續集吧，就這麼說定了。
知道了，慢走啊。